LETTRE CRITIQUE

SUR LA NOUVELLE COMEDIE DU PHILOSOPHE MARIE', OU DU MARI HONTEUX DE L'ÊTRE.

A Monsieur MAILLARD, *Ancien Avocat au Parlement.*

A PARIS,

En la Boutique de la V. de NICOLAS OUDOT, Libraire, ruë de la Harpe, au coin de la ruë des deux Portes, à l'Image Nôtre-Dame.

M. DCC. XXVII.

AVEC APPROBATION ET PERMISSION.

LETTRE
CRITIQUE
SUR LA NOUVELLE COMEDIE
DU PHILOSOPHE MARIÉ
OU
DU MARI HONTEUX
DE L'ÊTRE.

A Monsieur MAILLARD, *Ancien Avocat au Parlement.*

ONSIEUR,

Vous êtes curieux de tous les Ouvrages d'esprit qui paroissent, & les differens caracteres de beauté qu'on y peut remarquer eurent toûjours de

A ij

quoi vous plaire. Il semble même que cette profession grave , où vous vous êtes acquis un rang si distingué par vôtre érudition profonde, se dépouille pour vous seul de ses difficultés , afin de donner quelquefois aux Muses l'heureux moment de vous entretenir. C'est-là que cessant d'être homme entierement dévoüé au public, vous le devenez aux instantes prieres de vos Amis : C'est-là que la République des Lettres déploye tout ce qu'elle a de richesses cachées à nos yeux : C'est-là que dans des conversations aisées , mais pleines de fruit, la vive Eloquence , & l'harmonieuse Poësie même n'ont point de secrets qui vous soient inconnus ; & l'exactitude de vos décisions sur cès deux genres d'écrire, ne laisse aucun doute sur la facilité que vous avez d'en juger.

Peu maître d'un temps que le public vous laisse à peine , parce que les momens lui en font prétieux , il vous est impossible , je le sçai, d'en consacrer aucun au doux amufement des Spectacles, mais je n'ignore pas auffi qu'un Ouvrage autant applaudi, que celui qui vient de paroître fur le Théatre François, ne merite l'honneur de quelques-unes de vos attentions. Permettez-moi de vous faire part de mes idées fur cette Piece nouvelle.

Vous connoiffez le goût du fiécle: tout ce qui eft nouveau lui plaît. Mais deux caufes encore plus particulieres ont entraîné tout Paris aux fréquentes repréfentations de la Comedie *du Philofophe marié*: la qualité de l'Autheur, & le Titre de la Piece.

La qualité de l'Autheur eft d'être *Académicien*, & l'un des quarante qui compofent ce Tribunal établi pour décider fouverainement & de l'Eloquence & de la Poëfie. Ceux qui font admis à ce nombre en retirent un avantage confiderable; leurs productions portent prefque toûjours avec elles un paffeport affuré qui les fait recevoir avec admiration.

Le Titre de la Piece n'avoit pas moins frappé l'esprit du Public. L'on s'étonnoit de voir un Philosophe marié, chose étrange ! Et ce qui causoit le plus de surprise, étoit de sçavoir par quel art nouveau l'on avoit pû associer les chaînes du mariage avec l'indépendance qu'on attribuë à la Philosophie, comme si c'étoient en effet deux veritables contrastes. Ce qui déterminoit encore plus à le croire, c'étoit qu'il paroissoit que l'Autheur même étoit tombé dans cette erreur, en intitulant sa Comedie *le Philosophe marié*, ou *le Mari honteux de l'être* ; mais de quelque côté que l'on considere la chose, je suis persuadé que le mariage n'est point incompatible avec la Philosophie, & par consequent que l'Autheur n'a mis au jour rien moins qu'un objet qui meritât la surprise du Spectateur.

En effet des deux parties du Titre, ou de l'Intitulé de la Piece, il faut necessairement en supprimer une, comme contraire à l'autre ; la honte d'être marié ne convient point avec la sécurité neceſſaire d'unPhiloſophe, qui ne peut être tel que par le raport de toutes ſes actions aux principes de la raiſon.

Or dès le moment qu'il deſavoüe quelqu'une de cès mêmes actions, & que la honte la lui reproche, il eſt impoſſible de concevoir l'idée que ce ſoit la raiſon qui la lui ait fait entre-prendre, & par conſequent on ne peut ſans injuſtice lui donner le nom de Philoſophe. Delà il eſt aiſé de voir que l'Autheur eſt peu inſtruit des at-tributs du caractére philoſophique, ou du moins qu'il n'a feint de les igno-rer que pour ſonder plus avant la délicateſſe de ſes Admirateurs. L'al-ternative qu'il preſente dans les deux parties de ſon Titre annonce encore ſon doute ſur le merite de la premiere.

,, Tout le monde convient que c'eſt ,, la Philoſophie qui nous enſeigne ,, la doctrine de bien vivre, qu'elle

» nous fait connoître nos maux , &
» le moyen de nous en délivrer. C'eſt
» elle qui reprime toutes les mauvai-
» ſes paſſions & les troubles de l'ame
» en appaiſant la cupidité ; c'eſt elle
» qui purge l'orgueïl , la préſomption ,
» l'ambition , la colere , la vengeance
» & l'injuſtice ; c'eſt - elle qui dirige
» par le moyen de la raiſon toutes les
» mœurs de l'homme vers le chemin
» de la vertu. C'eſt - elle en un mot
» qui rend l'ame tranquille comme ſon
» ſeul & permanent bien , lui faiſant
» faire volontairement ce que les au-
» tres font malgré eux.

Examinons donc Ariſte , (c'eſt le
nom de guerre de nôtre prétendu Philoſophe ,) dans toutes ſes actions, &
voyons ſi cette glace naturelle nous le
repréſentera fidellement.

ACTE PREMIER.

L'ouverture du Théatre frappe beaucoup les yeux ; elle leur offre un

ſuperbe Cabinet de Livres ; l'arrange-
ment & l'ordre qui y ſont artiſtement
obſervés, le font plutôt reſſembler à la
boutique d'un Libraire qu'au Cabinet
d'un Sçavant.

Ariſte eſt dans un coin vis-à-vis un
Bureau à la mode, ſur lequel il y a un
Sphére & pluſieurs inſtrumens de Ma-
thematiques, dont l'éclat encore recent
fait voir le peu d'uſage qu'on en a
fait : Et la robbe de chambre dont le
Philoſophe eſt revêtu, n'annonce rien
moins que la modeſtie qui devroit être
le premier de ſes ornemens.

La Scene commence à peu près
comme dans la Comedie du Joüeur,
c'eſt-à-dire par un monologue. Touté
la difference eſt que dans celle-ci, Hec-
tor dévelope les malheurs de ſa condi-
tion ; dans celle-là au contraire, Ariſte
ſe félicite du bonheur de la ſienne ; il
vit heureux, dit-il,

   » Content d'une fortune égale à mes souhaits,

   » J'y ſens tous mes déſirs pleinement ſatisfaits.

   » Je ſuis ſeul en ce lieu, ſans être ſolitaire,

» Et toûjours occupé, fans avoir rien à faire.

Mais comment entendre aucun de fes quatre Vers ?

En premier lieu, il eſt impoſſible de fe figurer ce bonheur, & que content d'une fortune égale à fes défirs, il les fente entierement fatisfaits : car un moment après il eſt combattu du triſte fouvenir de s'être marié, & d'avoir fait *l'Epreuve malheureufe* du pouvoir que le Sexe a fur l'efprit des Hommes. C'eſt ainſi qu'il s'explique,

> C'eſt à moi, fi je puis, d'éviter tous débats ;
> De prendre patience, & d'enrager bien bas.

A moins que ce ne foit une Philo-fophie particuliere qui faffe conſiſter le fouverain bonheur à être *contrarié* continuellement par des Femmes, à en appercevoir tous les jours les nou-veaux défauts, à faire fon étude de les rechercher, & à enrager fans ofer le dire ; de s'y être livré trop aveu-glement : il y a bien des gens qui

regarderoient cela comme un fouverain malheur.

En fecond lieu, il eft, à ce qu'il dit,
feul dans fon cabinet fans y être folitaire, je vous avoüe que j'ai rêvé plus
de quatre jours fur cette antithéfe fans
pouvoir deviner ce qu'elle fignifioit:
Car d'un côté s'il fe retire en ce lieu,
dont l'entrée n'eft pas même permife
à fon Epoufe, comme on le verra
dans la fuite, c'eft pour y être aparem-
ment feul & y paffer quelques heures
folitairement, c'eft-à-dire, fans compagnie, or, être feul & fans compagnie c'eft une feule & même chofe,
par conféquent il eft impoffible d'être
feul fans être folitaire; d'un autre côté, fi l'on confidere les livres comme
une veritable compagnie, il eft certain
qu'il eft ni feul, ni folitaire ; jugez
du merite de cette penfée.

En troifiéme lieu, il eft toûjours
occupé fans avoir rien à faire, mais
qu'elle eft fon occupation ? Eft-ce à
méditer fur le mariage qu'il a impru-

demment contracté ; en ce cas c'eſt un Ouvrage qui ne finira pas ſitôt ; ainſi il a grand tort d'avancer qu'il n'a rien à faire. Il n'y a gueres de Maris dans le monde qui ne lui donne volontiers un démenti.

Eſt-ce à faire des découvertes dans la Philoſophie ? comme elle tend à la perfection de l'Homme, il y a toûjours à travailler.

Voici encore quatre Vers dont je ne ſçaurois bien comprendre le ſens, & qui pour vouloir trop dire, à mon avis, ne ſignifient rien.

> Mais je n'uſe qu'ici de mon pouvoir ſuprême.
>
> Hors de mon Cabinet je ne ſuis plus le même.
>
> Dans l'autre appartement toûjours contrarié :
>
> Ici, je ſuis garçon : là, je ſuis marié.

Quelle difference trouve donc Ariſte entre l'appartement de ſa Femme & le ſien ? Il eſt toûjours le maître dans l'un & dans l'autre, puiſqu'il dit lui-même,

Mais ma Femme, après tout, est sage & vertueuse,
Plus amant que mari, je possede son cœur;
Elle fait son plaisir de faire mon bonheur.

C'est user d'un grand pouvoir sur une Femme que de posseder entiere-ment son cœur, peut-t'on en attendre un autre sacrifice : Et s'il en est per-suadé, son bonheur lui doit être bien plus sensible à l'aspect de tant de charmes qui ne sont que pour lui, qu'à la vûë de toutes les brochu-res du monde ; & la contrarieté d'o-pinion dont il se plaint est un peché originel dans les Femmes, dont un Philosophe veritable devroit avoir moins qu'un autre sujet de s'étonner. C'est un sel ordinaire chez elles, dont elles voudroient animer la conversa-tion.

Il y auroit bien des Hommes qui comme Ariste, voudroient être moitié garçons & moitié mariés, mais il pa-roît qu'il n'est pas mieux logé que les autres ; en quelque lieu qu'il soit, mê-me dans ce Cabinet qui a pour lui tant d'agrémens, il est toûjours marié dès

le moment qu'il penſe l'être ; le ſouve-
nir eſt égal à la peine.

ARISTE dans la Scene troiſiéme,
en maudiſſant la main de Damon qui
l'a marié, s'écrie :

Je brule de le voir par l'hymen engagé,

Plus il enragera, mieux je ſerai vengé.

Pourquoi veut-il ſe venger d'un
ami, des mains duquel il a reçû une
épouſe, douce, ſage, & vertueuſe?
Damon n'a-t'il pas fait un grand crime ? que lui eût-t'il donc ſouhaité ? ſi
cet amy trompé le premier lui eût fait
preſent d'une emportée, capricieuſe,
ou coquette ? les plus fins y ſont
trompés ; mais d'ailleurs le déſir de ſe
venger n'eſt point du tout du caractere d'un Philoſophe. Seneque ſe ven-
geoit de ſes ennemis avec la patience ;
Annibal victorieux ſe ſurmonta lui-
même, en ſauvant la vie dans le fort
du combat à Muntius ſon ennemi qui
avoit fait tout ſes effors pour la lui
ravir.

La fixiéme Scene fe paffe entre
Arifte & Melite fon époufe ; Arifte
effrayé comme s'il aperçevoit quelque
monftre nouveau , s'adreffe à elle par
ces mots : *Comment c'eft vous !* la douceur de fa réponfe n'eft pas moins fur-
prenante que le compliment du Mari.

Mon Dieu ! d'où vient cette frayeur ?
Eft-ce donc que ma vûë infpire tant d'horreur ?

A ces douces paroles , que répond-
il ? une Brufquerie.

Eh non , vous m'êtes chere autant qu'on puiffe
l'être.
Mais dans mon Cabinet devriez-vous paroître ?

C'eft une chofe bien extraordinaire
que de voir une femme dans le cabinet d'un homme ! à l'entendre parler
ne prendroit-on pas ce cabinet pour
la celulle d'un Chartreux. Il ajoûte :

Si quelqu'un furvenoit , que pourroit-il penfer ?

Il eft conftant que quelqu'idée
qu'eût celui qui furviendroit , il pen-

feroit plus que nôtre Philofophe.
Melite pourfuit cependant,

> Devez-vous me blâmer fi je cherche à vous voir ?
> Je contente mon goût, & je fais mon devoir.

Ces paroles, fortant de la bouche d'une jolie femme, attendriroient le cœur de tout autre que d'Arifte ; mais il y répond par une feconde Brufquerie.

> Le devoir d'une femme eft d'être complaifante.

Ne pourroit-t'on pas fans injuftice dans cette rencontre appliquer le Proverbe ancien, *c'eft femer des Perles devant des Pourçeaux*. N'y a-t'il pas, qui plus eft, de l'orgueïl de vouloir fe diftinguer avec autant de bizarrerie.

Enfin il ne veut point déclarer qu'il eft marié, comme fi encore un coup, le mariage étoit incompatible avec l'amour de la fageffe.

Nos Anciens avoient des penfées bien plus équitables de cet état. La Grece autrefois le féjour des Sages, loin d'écouter de pareilles opinions, reçût avec plaisir les Loix de Licurgue, par lesquelles il étoit ordonné que tout Citoyen qui voudroit préférer l'état de continence à celui du mariage, ne pourroit se trouver aux jeux publics ; chose pour lors de la derniere ignominie.

Les Loix Romaines punissoient rigoureusement ceux qui ne vouloient pas se marier, leur défendant l'entrée aux Dignitez publiques ; & pour exciter au mariage, elles accordoient des Privileges à ceux qui avoient des enfans : nos mœurs ont embrassé avec plaisir ces maximes.

Est-ce par un excès fantasque que nôtre Sage, de nouvelle trempe, voudroit s'en écarter ?

Le Marquis ? pouvez-vous me tenir ce langage ?
C'est l'homme à qui je veux me cacher davantage.
Quoiqu'il soit courtisan, & qu'il ne sçache rien,
C'est un sage caché sous un joyeux maintien,
Et qui ne connoît pas de plus grande foiblesse.

B

Que de prendre une femme, & même une maî-
　　tresse,

. . . S'il sçait une fois que je suis marié,

Par ses traits, en tous lieux, je serai decrié.

C'est en verité sans raison qu'Ariste veut tenir plus long-tems son engage-ment caché aux yeux du Marquis du Lauret qui vient journellement chez luy pour en conter à sa femme. Trois raisons puissantes lui dictent le con-traire.

Premierement, quelles sont, les confidentes de son secret? trois fem-mes; dont l'une par reconnoissance peut se taire, mais il doit compter tout autrement du côté de sa Belle-sœur, dont le plus grand merite, dans ses caprices, est de trop parler; à l'égard de Finette, elle en a déja fait confi-dence aux laquais du voisinage, pour assurer la réputation de sa Maîtresse. Dans ces circonstances le Marquis doit-il tarder long-tems à l'apprendre? Quelles armes Ariste ne lui fournit-il pas contre lui même?

Secondement, dès le moment que le Marquis du Lauret est amoureux de Melite, son honneur, son repos, la réputation de sa Femme, & la liaison qui est entre le Marquis & lui ; tout le force à lui déceler le mistere. Pourquoi fait-il donc un crime à Melite de le lui demander ?

Troisiémement, puisqu'Ariste est instruit de la passion du Marquis pour Melite, & de sa résolution de l'épouser, s'il peut fléchir son cœur indifferent, il ne doit point appréhender les traits d'un Homme qui est dans le même cas ; c'est-à-dire, qui est sensible au pouvoir du beau Sexe. Il ne pouvoit au plus lui faire un crime que du secret.

Le portrait qu'il fait du Marquis du Lauret, *c'est un Sage caché sous un joyeux maintien*, ne seroit pas non plus de mon goût, ses actions dans la suite vont justifier le contraire.

La derniere Scene de cet Acte se passe dans la contrarieté des differen-

tes idées dont Ariste est combattu,
& à la fin il se récrie.

. . . . . . Qu'on est sot quand on est marié!

Un Rieur me dit l'autre jour que
c'étoit l'endroit de la Piece où Ariste
paroissoit le plus Philosophe, puisqu'il
y avoit une plus parfaite connoissan-
ce de lui-même.

ACTE SECOND.

Ce n'est plus un riche Cabinet que
le Théatre représente. C'est une Salle
de l'Apartement des Dames. Ce chan-
gement fait tort à la Piece, d'autant qu'il
montre le deffaut d'une des trois uni-
tez qui doivent concourir dans le Poëme dragmatique. C'est la premiere qui
manque. L'unité de lieu, puisque l'action se passe en differens endroits.

Plus de la moitié de cet Acte est
employée à faire sentir la coquetterie
capricieuse de Celiante, Belle-Sœur du
Philosophe marié. Il n'y a plus rien de

curieux que les portraits que son amant & elle se font respectivement sur le même ton ; & tout cela ne fait qu'un Episode assez étranger au Sujet, pour ne pas dire qu'il forme une seconde action.

L'arrivée imprévûë de Geronte, pour marier son neveu Ariste avec la Fille de sa défunte Epouse, & qui le menace de le deshériter, en cas de refus, fait le foible nœud de ce Poëme, & consomme la petite partie qui reste à cet Acte.

ACTE TROISIE'ME.

Ariste extrêmement piqué des manieres d'agir de son Oncle le Financier, qui s'est emporté contre lui assez brutalement en présence du Marquis du Lauret, en témoigne ainsi son ressentiment.

Me venir relancer jusqu'en mon Cabinet !

Crier ! nous interrompre ! & vous brusquer tout
    net !

Il faut avoüer que ce sujet d'admiration est encore plus admirable que les manieres dont Ariste se plaint. En effet c'est un endroit bien respectable pour un Oncle, tel que Geronte, que le Cabinet de son Neveu ; il y a quelque chose de puerile & de bas dans cette admiration.

Cependant le Marquis qui se méfie de quelqu'engagement de la part d'Ariste , cherche à sonder quels sont ses sentimens sur le sort des Maris. Aussi peu politique que Philosophe Ariste lui repond avec une ingenuité merveilleuse.

Oui ; leur état commence à me faire pitié.

Après un aveu si peu énigmatique, il ne faut pas être sorcier pour deviner qu'il est dans le cas , & c'est bien mal pallier un secret qu'on veut faire garder aux autres, aussi lui repond-t'on?

Ah ! mon pauvre Garçon , feriez-vous marié ?

Mais ce qui blesseroit ma délicateffe, c'eft de voir que malgré cet aveu d'Arifte, le Marquis fon ami lui faffe une déclaration fi authentique de fon amour pour Melite. Notre Philofophe s'ouvre pourtant de plus en plus.

. . . . . . Et pour vous j'en ai honte.

Nous fommes, vous & moi dans un cas tout pareil. Fuïez Melite.

Le Marquis marque autant d'indif-cretion qu'Arifte en cet endroit. Non, dit il ?

. . . . . D'un fi fage confeil,

Cher ami, je ne puis déformais faire ufage.

J'aime, jufqu'à vouloir brufquer le mariage.

A ce confeil d'Arifte, le Marquis devoit ufer de repréfailles en lui en donnant un autre ; c'étoit celui de prêcher d'exemple. Mais la demande qu'il lui fait de le feconder auprès de Melite dans l'offre qu'il veut lui faire de fon cœur, pour être d'accord avec la vraye - femblance ne peut être prife qu'ironiquement : car dans la fituation où il voit Ariste & Melite, l'aveu qu'il vient entendre de l'un, les discours que l'on tient sur la réputation de l'autre, leur domicile commun depuis plus de deux années, tout concourt à montrer qu'il y a entre eux un peu plus que de l'amitié. Il n'y a point à présent de vertu philosophique qui pût tenir si long-tems contre l'effort de deux beaux yeux qui l'attaquent avec tant d'avantage ; si c'est autrement qu'il parle, je ne reconnois plus dans le Marquis *ce Sage caché sous un maintien joyeux*, puisque le discernement même l'abandonne au besoin.

La troisiéme Scene fait voir démonstrativement qu'Ariste n'est pas meilleur Peintre que Philosophe.

D'un côté les démarches du Marquis du Lauret, loin de s'accorder avec le portrait qu'on a fait de sa sagesse dans le premier Acte, au contraire ici c'est un franc étourdi, un petit Maître entreprenant, dont la boüillante passion va jusqu'à se jetter aux

genoux de Melite pour mieux attaquer
fa tendreſſe.

    Recevez donc enfin mes vœux & mes hommages.

C'eſt ainſi qu'il s'explique. Les
promeſſes, & les atitudes qu'il joint
à cela, *ſur-tout devant celui avec lequel
il a ſi ſouvent lancé la Satire contre les
Amoureux & les pauvres Maris*, mais
encore celui qu'il a tout lieu de ſoup-
çonner d'être au moins l'Amant de
Melite, empêchent de croire que ſon
caractere ait jamais été bien d'accord
avec celui de la ſageſſe.

D'un autre côté Ariſte fait un mau-
vais perſonnage en cette rencontre.
Il y devient le fade Confident des
feux du Marquis pour Melite. Les
ſignes qu'il lui fait de ne rien dire,
les froides plaiſanteries qu'il adreſſe
à ſon Rival, & les ſoins que la jalou-
ſie lui fait prendre de ſe trouver toûjours entre eux, ſe ſentent plutôt du
Bouffon que du moindre Philoſophe.

Cependant le Marquis fait un retour fur lui-même en voyant que fes douceurs ne font point écoutées, quoiqu'ailleurs l'on recherche fes careffes. C'eft dans ce moment qu'il s'écrie.

> D'un cœur rebelle & fier l'ordinaire fuplice,
> C'eft qu'il aime à la fin, & que l'on le haïffe.

Ces Vers font bien plus durs que la Perfonne qui les écoute. J'aimerois mieux le naturel de ceux-ci.

> Le fuplice ordinaire aux cœurs fiers & rebelles,
> Eft de brûler enfin pour des Beautés cruelles.

Lifimon, Pere d'Arifte, arrive dans la derniere Scene de cet Acte pour recevoir de Geronte, fon Frere, un acuëil auffi peu convenable que fon arrivée eft peu neceffaire fur le Théatre. Il n'a d'autre prétexte d'y paroître que de dire.

> . . . . . . Il m'eft permis, je penfe,
> De venir voir mon Fils. . . . .

La réponfe que Geronte lui fait ne fçauroit être tolerée.

Eh! l'on vous en difpenfe.

Ce qu'il ajoûte encore, en fe tournant vers fon Neveu, revolte abfolument la nature; c'eft ainfi qu'il parle à Arifte de fon propre Pere.

Il ne vient de fi loin que pour vous preffurer.

Le plus grand Scelerat n'infpireroit pas de pareils fentimens. L'on aperçoit dans Geronte un caractere fi outré, qu'on ne fçauroit y prêter la moindre attention.

ACTE QUATRIE'ME.

C'eft ici que la raifon abandonne tout-à-fait notre Philofophe : Il n'y a qu'à l'écouter.

De tant d'objets divers mon ame eft obfédée,
Qu'à force de penfer, elle n'a plus d'idée.
Pour calmer mon efprit, je fais ce que je puis.
Je ne fçais où je vais ; je ne fçais où je fuis.

Tous ces objets neanmoins fe reduifent à un feul, qui eft de cacher

ſon engagement au Marquis du Lauret ; encore eſt-ce un point abſolu-
ment impoſſible. C'eſt-là qu'il va donner un ſoufflet à la Philoſophie en
faiſant par force , ce qu'il auroit dû
faire volontairement.

Mais l'ame s'uſe-t'elle à force de
penſer ? Non , j'ai crû juſqu'ici qu'il
ſuffiſoit qu'un Homme exiſtat pour
penſer bien ou mal ; l'on penſe dif-
feremment, mais l'on penſe toûjours.

En un mot, s'il eſt vrai qu'un Philoſophe ſoit un grand Héros , ſelon
Seneque, il faut que ſa grandeur ſe
faſſe connoître par la premiere victoi-
re qu'il remporte ſur lui-même. Ariſte
ne cherche pas beaucoup cet avantage.

Jugez de l'état de mon ame , con-
tinuë-t'il à la quatriéme Scene , en
parlant de Melite & du Marquis.

J'aime mieux le ſouffrir , le voir à ſes genoux ,
Que de me déclarer en qualité d'Epoux.

Je ne crois pas que la Philoſophie

Stoïcienne y pût refister, à plus forte raifon un Mari jaloux. Il faut que les moyens d'acquerir la tranqüillité d'efprit ne foient point dans la Table de fa Philofophie; elle n'eft donc pas bonne, puifque le premier objet lui manque.

ACTE CINQUIE'ME.

Enfin le pauvre Arifte eft réfolu de fuir dans quelque retraite obfcure pour éviter d'entendre publier fon mariage. En vain Damon fon ami lui fait faire attention fur le prétexte qu'il va donner au public d'en médire plus hautement par fa fuite précipitée; il fait le Plongeon.

Pour vû queje fois loin, rien ne me touchera.

Comment le fuivre dans de tels écarts ? Il ne fçait à qui il en veut. Tantôt c'eft fon Pere, tantôt c'eft fon Oncle, tantôt le Marquis du Lauret qu'il craint, & tantôt le public feul,

dit-il , l'oblige à tenir son engagement secret : lequel est-ce ? Il aime
son Epouse , & il n'a pas le courage de soûtenir l'éclat que va faire
le lien respectable qui l'attache auprès d'elle. L'amour n'a pas coûtume
d'être si timide. D'ailleurs s'il y a de la
prudence d'éviter quelque tems le
combat , il est honteux de fuir après
le premier choc.

L'on nous a aussi dépeint Ariste
sous la figure d'un Sçavant ; jugez-en
à ces paroles lorsqu'il aprend que son
Oncle veut attaquer son mariage.

Casser mon mariage ! avoir un tel dessein ,
C'est vouloir me plonger un poignard dans le
sein.

Le moins versé dans l'usage du
monde sçait qu'on ne dit point casser
un mariage ; on le déclare nul , ou non
valablement contracté. Delà deux Ré-
fléxions que l'on me permettra de
mettre en lumiere.

La premiere qu'il y a de l'absurdité

à donner à Ariste le Titre, *de Mari honteux de l'être*, puisque son mariage dé-
pend en quelque façon de l'evene-
ment, c'est - à - dire, du consentement
de Lisimon son Pere, qui peut le donner, ou ne le donner pas. Jusques-là
il n'est point veritablement marié : Il
est donc impossible qu'il soit honteux
de l'être.

La seconde prouve encore ce que
j'ay avancé au commmencement de
cette Lettre ; car si la certitude du
consentement de Lisimon, seule partie capable de l'attaquer, peut rendre
valable ce mariage contracté sans son
aveu, Ariste a moins sujet d'en avoir
honte.

En effet si la maniere d'aimer en
fait la gloire, ou la honte, quel est
donc le motif de confusion qui peut
empêcher Ariste d'aimer un Objet non
seulement tout aimable par ses vertus,
mais qu'un engagement légitime lui
prescrit d'aimer éternellement.

Avoir honte de quelque chose, c'est

s'en repentir tacitement ; mais comment lui prêter cette pensée , lorsqu'on voit à tout moment sortir de sa bouche des sentimens qui y repugnent.

 Cent belles qualitez rendent une femme aimable &c.

 Plus Amant que Mari , je possede son cœur,

 Elle fait son plaisir de faire mon bonheur.

 Pourquoi contre l'hymen est-ce que je me declame?

 Ma femme est toute aimable , &c.

 Elle est d'un sang illustre ; elle est belle , elle est
  sage :

 Et l'on ne peut rien dire à son desavantage &c.

 Aussi-tôt qu'on la voit , tout parle en sa faveur ,

 Ses traits , sa modestie , & sur-tout sa douceur.

C'est trop en dire , vous le voyez , pour supposer un homme assez peu raisonnable que d'être honteux d'avoir une telle moitié. Que de maris aujourd'huy se contentent à meilleur marché , sans craindre la critique publique.

En un mot le Marquis du Lauret , ce railleur impitoyable , montre bien
plus

plus de grandeur de courage dans sa défaite ; il fait tête à la Satire, & se livre avec ardeur aux attraits naissans de la Belle-fille de Geronte, dont ce dernier vouloit faire present au Philosophe. Damon ne fait point de difficulté d'épouser aux yeux de tout le monde la capricieuse Celiante qu'il aime malgré tous ses défauts.

C'est à cet aspect qui confond la la vanité d'Ariste, que s'applaudissant à lui-même, comme s'il avoit fait de belles choses, il donne la main à la belle Melite en lui adressant ces paroles.

. . . . Prouvons aux railleurs que malgré leurs outrages

La solide vertu fait d'heureux mariages.

Mais après tous les écarts differens dans lesquels nous l'avons vû s'égarer, on ne peut regarder cette noble pensée que comme un véritable trait de Gas-

C

con; & j'aimerois mieux lui donner le Titre de Mari bizarre , ou de Mari heureux fans l'être , que celui de *Phi-losophe marié , ou de Mari honteux de l'être.*

Au reste, Monsieur, il faut avoüer que cette Piece a des beautés infinies, Rien ne manque à la justesse des ex-pressions ; les portraits y sont vifs & naturels ; les sentimens sur-tout y sont admirables par leur grandeur & leur delicatesse : il seroit à souhaiter que quelques uns des caracteres fussent un peu moins outrés , pour aprocher de plus près ce degré de perfection qu'on peut y remarquer en plusieurs en-droits.

Mais , que dis - je à une personne qu'une lecture assiduë, jointe à l'exac-titude la plus entiere, met bien plus que moy en état d'en décider ? J'attends vôtre réponse, pour sçavoir si j'ai bien ou mal réüssi. En tous cas, cette Criti-que servira toûjours d'ombre au tableau ; elle excitera davantage à lire un ouvrage qui merite de l'être. Je suis avec bien du respect,

M O N S I E U R ,

Vôtre très - humble , & très-obéïssant serviteur,
* * *.

Je soussigné, Maître ès Arts, en l'Université de Paris, ay lû par ordre de Monseigneur le Lieutenant General de Police, *une Lettre Critique sur la nouvelle Comedie du Philosophe marié, &c.* dont on peut permettre l'impression. A Paris ce 10. May 1727.

PASSART.

Vû l'Approbation, permis d'imprimer & dis-
tribuer, le 10. May. 1727.

HERAULT.

Regiſtré ſur le Livre de la Communauté des Librai-
res & Imprimeurs de Paris, No. 1543. conformément
aux Réglemens, & notamment à l'Arrêt de la Cour
du Parlement du 3. Décembre 1705: A Paris le 13.
May. 1727.

Signé, BRUNET, *Syndic.*

De l'Imprimerie de PIERRE DELORMEL, ruë du Foin,
à Sainte Géneviéve, 1727.